Grand-père

ISBN 2-87833-224-5
Imprimé en Italie
Dépôt légal : mars 1999
Loi n° 49-956 du 16 juillet 1949
sur les publications destinées à la jeunesse

Ce livre est dédié à mes grands-parents.

Grand-père

Gilles Rapaport

ALBUMS
circonflexe

La mort de Grand-père n'a étonné personne.

Il l'avait toujours évoquée devant nous.
Elle lui était si familière.

Le soir, après l'avoir rendu à la terre, nous avons parlé de cet homme qui nous a tant donné.

Mon père a décidé qu'il était temps pour nous de devenir les gardiens de l'histoire que Grand-père avait faite sienne.
Peu de temps avant de mourir, il avait fini par livrer à son fils le secret de son voyage.

Celui qu'aucun livre ne peut raconter.

Grand-père naît en 1901 en Pologne.

Le jour où se déclenche la première grande catastrophe du siècle, il devient un homme.

La cérémonie se déroule au son du canon. Heureusement, il est trop jeune pour être sacrifié, malheureusement trop vieux pour ne pas comprendre ce qui arrive.

La fin de la Première Guerre mondiale, celle qui aurait dû être la dernière, ne change rien à la misère de sa famille.
Ce pays les refuse toujours, les rejette, souvent même les massacre.

Grand-père rêve de partir, pour aller là où il sera un homme libre.
Il rêve, ils rêvent, car ils sont deux maintenant, d'un monde meilleur.

Ils rêvent de liberté, d'égalité, de fraternité.

Paris, meurtri par quatre années de folie humaine, ouvre ses bras. Pas grands, bien sûr, mais juste assez pour y laisser passer deux corps fatigués et un maigre bagage.

**Assez pour rêver à un foyer, un simple foyer...
Trois pièces, l'eau courante, son atelier.**

Très vite, les pantalons, vestes, gilets et costumes envahissent l'appartement.

**Grand-père travaille dur, œuvre jour et nuit.
Voit-il grandir ses deux fils ?**

Il ne voit pas les ténèbres s'avancer.

Les années passent.
Le bruit des bottes revient aux frontières.

Cet homme amoureux de sa liberté,
ce déraciné épris de sa nouvelle patrie,
s'engage dans la Légion étrangère,
cache ses deux fils à la campagne,
paie bien les fermiers, et laisse leur mère seule à Paris.

Grand-mère a des yeux de chat,
la nuit ne lui fait pas peur.
Et la peur n'a pas de prise
sur Grand-père soldat. Seule la mer du Nord pourra le vaincre.

C'est dos aux flots glacés, mais face à l'ennemi, qu'il se rend.

Mais qui est l'ennemi?

Ce soldat vainqueur, ou ce camarade qui le pointe du doigt, et d'un geste l'envoie vers les ténèbres.

Qu'est-ce qu'un wagon à bestiaux, si ce n'est un wagon à bestiaux...
On nourrit les bêtes qu'on y fait voyager, on les fait boire, on les soigne, on s'occupe d'elles pendant de longs trajets.

Pas les hommes.
Si on avait voulu nourrir les hommes, on les aurait fait voyager dans des wagons à hommes.

Après d'interminables arrêts, des déplacements chaotiques, le convoi parvient enfin à destination.
Ils savent qu'ils sont arrivés; ils n'ont jamais eu aussi froid.
Les survivants sont jetés hors du wagon, puis les morts sortent, portés par les vivants.

**Un mort est-il toujours un homme?
Dix morts ?
Dix hommes morts ?
Un homme portant une casquette à tête de mort
est-il encore un homme ?**

**Grand-père n'a pas le temps de se poser la question,
les coups lui cassent le dos.**

**Il court, ils courent, tombent, se relèvent, courent encore
à en perdre la tête, s'arrêtent, se mettent au garde-à-vous,
dans la pluie, la neige, le froid.
Il ne sait plus qui crie, qui aboie, les chiens, les hommes ?**

Depuis combien de temps est-il debout,
depuis combien de temps son voisin s'est-il écroulé ?
Il est tombé sans un bruit, et la neige l'a mangé.
Quand la lune est haute dans le ciel, le vent cesse,
Grand-père découvre une odeur âcre qui le pénètre
jusqu'au fond de son être.
Il est aux portes de l'enfer.

L'enfer a son cerbère, un petit homme gris vers lequel les
crosses des gardes poussent Grand-père et ses compagnons.
D'un geste, le petit homme gris les divise en deux groupes :
d'un côté, les forts, de l'autre, ceux qui ont perdu
toutes leurs forces.

Les uns et les autres ne se reverront jamais,
et leurs regards se croisent une dernière fois
quand chacun s'en va vers sa nuit.

Battu, tondu, tatoué, Grand-père comprend maintenant pourquoi il a voyagé en wagon à bestiaux.
On a dû lui arracher les cornes, du sang coule sur son crâne.

Couché sur sa paillasse, entouré de corps écrasés de fatigue, Grand-père fait un vœu, il a vu une étoile filante traverser sa nuit.

Grand-père fait le vœu de vivre.
Au moins plus longtemps que ceux que la neige recouvre déjà, mais pas comme un linceul.

Là où est 46690, il n'y a que des cendres.

Quand Grand-père est rentré par la porte du camp,
tous lui ont dit qu'il en sortirait par la cheminée.

Comme ces enfants et ces femmes descendus du train,
dévêtus dans les pleurs, les cris, les coups.

Descendre encore, mais des marches cette fois,
puis disparaître.
A jamais.

Cette nuit, la cheminée a illuminé le camp
pendant des heures.

Cette nuit, Grand-père a prié pour ne jamais sortir
par la cheminée.

Grand-père est robuste, il sait être méchant, il a appris à se battre, il a déjà connu la faim.

Mais que peut-il contre le néant ?
Contre la haine ?
A-t-on déjà vu un homme chasser la nuit de ses cris ?

Le froid lui déchire le corps, la faim le consume, seuls les coups lui arrachent encore de faibles plaintes. Mais la peur a changé son regard, ses yeux ne sont plus que deux trous noirs qui ne voient que du noir.

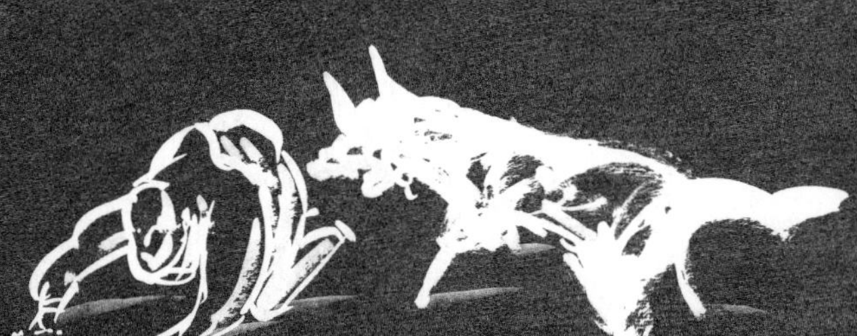

Grand-père ne voit plus que les barbelés électrifiés qui ceinturent le camp, où tant de ses compagnons ont mis fin à leur calvaire.
Ils deviennent une obsession; il se sent las, faible, si faible, trop faible...

Il tombe en espérant qu'on l'achèvera d'une balle dans la tête sans le torturer.
Inconscient, il ne sent pas ses camarades le traîner jusqu'à l'infirmerie.

Dans les ténèbres, il y a toujours des lumières.

**Grand-père sera l'une d'elles,
ainsi en a décidé un homme.**

**Pourquoi a-t-il été choisi parmi des milliers d'agonisants ?
Pourquoi lui a-t-on donné les derniers médicaments ?**

**De misérables cachets pour sauver la mémoire
de millions d'hommes et de femmes ?**

**Grand-père ne cessera jamais de se poser
ces questions.**

**J'espère qu'il a eu la réponse, ce jour où il a retrouvé
ses camarades disparus.**

**Ce jour où il a rejoint Grand-mère qui, rattrapée par
la nuit, n'a jamais vu ses garçons devenir des hommes.**

Un grand merci à

Julien Josset pour la mise en page,
Jean Stern pour son œil littéraire,
l'éditeur qui a eu envie de faire ce livre,
et surtout Didier Lévy pour son regard.